개를 데리고 다니는 여인

이 도서의 국립중앙도서관 출판예정도서목록(CIP)은

서지정보유통지원시스템 홈페이지(http://seoji.nl.go.kr)와

국가자료종합목록 구축시스템(http://kolis-net.nl.go.kr)에서 이용하실 수 있습니다.

(CIP제어번호: CIP2016009352)

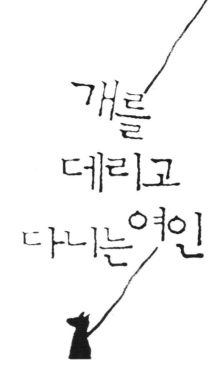

개를 데리고 다니는 여인

안톤 체호프 소설 | 하비에르 사발라 그림 | 이현우 옮김

문학동네

일러두기

1. 주석은 모두 옮긴이주이다.

2. 번역 저본으로 삼은 텍스트는 Антон Павлович Чехов. Рассказы, повести 1898-1903. Полное собрание сочинений и писем в тридцати томах, Том 10. НАУКА.(1986)이다.

차례

개를 데리고 다니는 여인

I

해변에 새로운 얼굴이 나타났다는 소문이 돌았다. '개를 데리고 다니는 여인'이란다. 드미트리 드미트리치 구로프도 이곳 얄타*에서 이미 두 주를 보내며 익숙해진 터라 새로운 얼굴에 흥미가 생기기 시작했다. 그는 카페 베르네에 앉아 해변로를 거니는 젊은 여인을 보았다. 키가 그리 크지 않은 금발 여자로 베레모를 쓰고 있었다. 그녀의 뒤를 하얀 스피츠가 종종걸음으로 따라가고 있었다.

그후로 그는 도시의 공원에서, 광장에서 하루에도 몇 번씩 여인과 마주쳤다. 그녀는 늘 혼자, 하얀 스피츠 한 마리만 데리고 산책에 나섰다. 언제나

---

*흑해 연안 러시아 크림반도에 있는 휴양도시.

똑같은 베레모 차림이었다. 아무도 그녀가 누구인지 알지 못했다. 단지 이렇게만 불렀다. '개를 데리고 다니는 여인'.

'만약 저 여자가 남편이나 친구와 함께 이곳에 온 게 아니라면 알고 지내는 것도 나쁘지 않겠어'라고 구로프는 생각했다.

아직 마흔이 채 되지 않은 나이였지만 그에게는 벌써 열두 살 난 딸 하나와 중학교에 다니는 아들 둘이 있었다. 결혼을 일찍 한 편이었다. 겨우 대학 2학년 때였으니 말이다. 이제 아내는 그보다 1.5배는 더 늙어 보였다. 아내는 여자치고는 키가 크고 눈썹이 짙었다. 직설적이고 거만하며 고집이 셌고, 스스로를 생각 있는 여자라고 일컬었다. 그녀는 책을 많이 읽었고 개정 철자법에 맞게 글을 썼으며 남편을 '드미트리'가 아닌 '디미트리'라고 불렀다. 하지만 구로프는 아내가 둔하고 편협하며 천박한 여자라고 속으로 생각했다. 그는 그녀가 두려워서 집에도 잘 붙어 있지 않았다. 이미 오래전부터 바람을 피웠고, 여자도 자주 바뀌었다. 그래서인지는 몰라도 그는 여자들에 관해서라면 좋게 이야기하는 법이 없었다. 면전에서 여자들 얘기가 나올라치면 언제나 이렇게 받아쳤다. "저급한 인종이야!"

자기는 충분히 쓰디쓴 경험을 해봤기 때문에 여자들에 대해 내키는 대로 아무렇게나 말해도 된다는 생각이었다. 하지만 그 '저급한 인종'이 없다면 그는 단 이틀도 살아가지 못할 것이다. 남자들만의 모임은 지루하고 불편했다. 그는 남자들과 함께 있는 자리에선 별로 말이 없고 냉담했다. 하지만 여

자들과 같이 있을 때는 아주 편안해하면서 무슨 말을 해야 하고 어떻게 처신해야 할지 잘 알았다. 심지어 여자들과는 꼭 말을 주고받지 않더라도 마음이 가벼웠다. 그의 외모와 성격, 그리고 타고난 기질 자체에 꼭 집어 말할 수는 없지만 뭔가 매력적인 요소가 있었고, 거기에 끌린 여자들은 그에게 마음을 빼앗겼다. 그는 이걸 잘 알았고, 그 자신도 어떤 힘에 의해 여자들에게 이끌렸다.

반복적인 경험, 실상 쓰라린 경험을 통해 그는 이미 오래전부터 잘 알고 있었다. 모든 연애는 처음엔 삶을 다채롭게 변화시켜 사랑스럽고 가뿐한 모험으로 만들어주지만, 점잖은 사람들, 특히 우유부단하고 소심한 모스크바 사람들에게는 아주 복잡한 문제로 커져버려 결국에는 곤혹스럽게 되어버린다는 것을. 그렇지만 새로운 매력적인 여자와 만날 때마다 이런 경험은 어쩐 일인지 기억에서 전부 사라지고, 그냥 삶을 즐기고 싶었다. 그러면 또 모든 일이 순탄하고 유쾌하게 여겨졌다.

어느 해질녘 그가 노천 레스토랑에서 식사를 하고 있을 때였다. 누군가 천천히 다가와 옆 테이블에 자리를 잡고 앉았다. 베레모를 쓴 여인이었다. 표정과 걸음걸이, 옷매무새, 머리 모양을 보고서 그는 그녀가 상류사회의 여자이며 결혼을 했고 얄타에는 처음이고, 혼자라는 것과 지금 이곳에서 무료해한다는 것을 알 수 있었다…… 이 지역의 문란한 풍속에 대한 이야기들 가운데 상당 부분은 사실이 아니었다. 그는 그런 풍문을 경멸했다. 또 그런 이야기들이란 게 대부분 기회만 닿으면 그런 일을 저지르려는 당사자들이 지어낸 것이라는 걸 그는 알고 있었다. 하지만 그 여인이 불과 세 발짝 떨어진 테이블에 앉고 나자, 누가 누구를 손쉽게 정복했다는 이야기라든가, 누군가들은 산으로 밀월여행을 떠났다는 이야기가 불쑥 떠올랐고, 짧게 스치는 인연, 이름도 성도 모르는 여자와의 연애에 대한 매혹적인 상념이 갑자기 그를 사로잡았다.

그는 부드럽게 손짓하며 스피츠를 부르더니 개가 다가오자 손가락으로 겁을 주었다. 스피츠가 으르렁거리기 시작했고, 구로프는 다시 겁을 주었다.

여인이 그를 흘깃 쳐다보고는 곧바로 눈을 내리깔았다.

"물지 않아요." 그녀가 얼굴을 붉히며 말했다.

"뼈다귀를 줘도 될까요?" 그녀가 고개를 끄덕이자, 그는 다정스레 물었다. "얄타에 오신 지는 오래되셨나요?"

"오 일쯤요."

"저는 벌써 이 주째 죽치고 있습니다."

잠시 침묵이 흘렀다.

"시간이 참 빨라요. 그런데 여기는 너무 지루하네요." 그녀가 그를 보지 않으면서 말했다.

"으레 그렇게들 말하죠. 이곳이 지루하다고요. 어디 벨료프*나 지즈드라** 같은 데서도 지루한 줄 모르고 살던 사람이 이곳에만 오면 탄식을 해요.

'아, 지루해라! 아, 이 먼지!' 누가 들으면 그라나다***에서 온 줄 알겠어요."

여자가 웃음을 터뜨렸다. 그러고는 서로 모르는 사이처럼 두 사람 다 말없이 식사를 계속했다. 하지만 식사가 끝나자 두 사람은 나란히 밖으로 나와 한가하고 여유로운 사람들끼리의 농담과 가벼운 잡담을 주고받기 시작했다. 이제 두 사람은 어디를 가든 무슨 대화를 나누든 무방했다. 그들은 산책을 하면서 바다의 기묘한 빛깔에 대해 이야기를 나누었다. 연보랏빛 바닷물은 무척 부드럽고 따뜻해 보였고 그 위로 달이 금빛 빛줄기를 드리우고 있었다. 그들은 뜨거운 한낮이 지나도 날이 얼마나 무더운지 이야기했다. 구로프는 자신이 모스크바 출신이며, 인문학을 전공했지만 은행에서 일하고 있고, 한때는 사설 오페라단 가수가 되려고 준비하다 포기했고, 지금은 모스크바에 집 두 채를 가지고 있다고 말했다…… 그리고 그녀의 이야기를 통해서 구로프는, 그녀가 상트페테르부르크에서 성장했지만 지금의 남편과 결혼해서는 S시에 이 년째 살고 있다는 걸 알게 되었다. 그녀는 얄타에 한 달가량 더 머무를 예정이고, 남편 또한 휴가차 이곳으로 올지 모른다고 했다. 그녀는 남편이 어느 관청에서 근무하는지, 지방정부에서 일하는지 아니면 지방의회에서 일하는지 제대로 설명하지 못했고, 스스로도 이 사실

---

* 러시아 툴라 주 벨료프스키 군에 속한 소도시.
** 러시아 칼루가 주 남부에 위치한 소도시.
*** 스페인 안달루시아 지방의 관광도시.

을 우스워했다. 게다가 또 한 가지, 구로프는 그녀의 이름이 안나 세르게예브나라는 것도 알게 되었다.

자신의 호텔방으로 돌아온 구로프는 안나를 생각하며 내일도 틀림없이 그녀와 만나게 될 거라고 생각했다. 의당 그래야만 했다. 잠자리에 누워서는 그녀도 얼마 전까지 지금의 자기 딸처럼 학교에 다니는 학생이었을 거라는 사실을 떠올렸다. 그녀가 웃을 때나 낯선 사람과 이야기할 때 얼마나 수줍고 어색해했는지도 떠올렸다. 그녀로서는 그런 상황에 놓인 게 난생처음임에 틀림없었다. 사람들이 뒤를 따라다니며 그녀를 바라보고, 그녀가 알아챌 수밖에 없는 은근한 목적 하나를 가지고 말을 걸어오는 상황 말이다. 그는 그녀의 가늘고 연약한 목과 아름다운 회색 눈동자를 떠올렸다.

'그녀에겐 뭔가 애처로운 구석이 있어.' 그런 생각을 하면서 그는 잠이 들었다.

II

두 사람이 알고 지낸 지 일주일이 지났다. 휴일이었다. 객실은 찜통 같았지만, 거리에는 회오리바람이 불어 먼지가 날리고 모자들이 벗겨졌다. 하루 종일 목이 말랐다. 구로프는 자주 카페에 들렀고 안나 세르게예브나에게도 음료나 아이스크림을 권했다. 별도리가 없었다.

저녁에 바람이 좀 잦아들자 두 사람은 증기선이 들어오는 것을 보기 위해 부두로 나갔다. 부둣가에는 사람들이 많이 모여 있었다. 누군가를 마중나온 이들은 꽃다발을 들고 있었다. 이곳에서도 잘 차려입은 얄타 사람들 사이에서는 두 가지 특징이 확연히 눈에 띄었다. 중년 부인들은 젊은 여자들처럼 옷을 입고 남자들 중에는 장군들이 많다는 점이었다.

파도가 심해 증기선의 도착이 늦어졌다. 이미 해가 저문 뒤였다. 방향을

VERNISAGE

잡느라 또 한참 시간을 끈 뒤에야 증기선은 부두에 접안했다. 안나 세르게 예브나는 마치 아는 사람이라도 찾는 것처럼 오페라 안경을 눈에 갖다대고 증기선과 승객들을 바라보았다. 그러다 구로프를 향해 몸을 돌릴 때면 눈이 반짝였다. 그녀는 쉬지 않고 말했다. 뜬금없는 질문을 해대면서도 무얼 물 어보았는지는 그녀 자신도 잊어버리는 식이었다. 그러다 인파 속에서 오페 라 안경을 잃어버렸다.

옷을 빼입은 군중이 어느새 흩어져 부두에서 모두 사라졌다. 바람도 완전 히 멎었다. 구로프와 안나 세르게예브나만이 증기선에서 아직 누가 나오지 않나 기다리는 것처럼 서 있었다. 안나 세르게예브나도 이제 입을 다문 채 구로프에게는 눈길을 주지 않으면서 꽃향기를 맡고 있었다.

"저녁이 되니까 날씨가 좀 나아졌군요." 그가 말했다. "우린 이제 어디로 갈까요? 마차라도 타고 어디든 가볼까요?"

그녀는 아무 대답도 하지 않았다.

구로프는 그녀를 뚫어지게 바라보다가 갑자기 그녀를 껴안고 입을 맞췄 다. 꽃향기와 물기가 그를 감쌌다. 그러고는 혹시나 싶어 곧바로 주위를 둘 러보았다. 누가 본 건 아니겠지?

"당신 방으로 갑시다⋯⋯" 그가 조용히 말했다.

두 사람은 빠르게 걸어갔다.

그녀의 호텔방은 무더웠고, 그녀가 일본 상점에서 산 향수 냄새가 풍겼

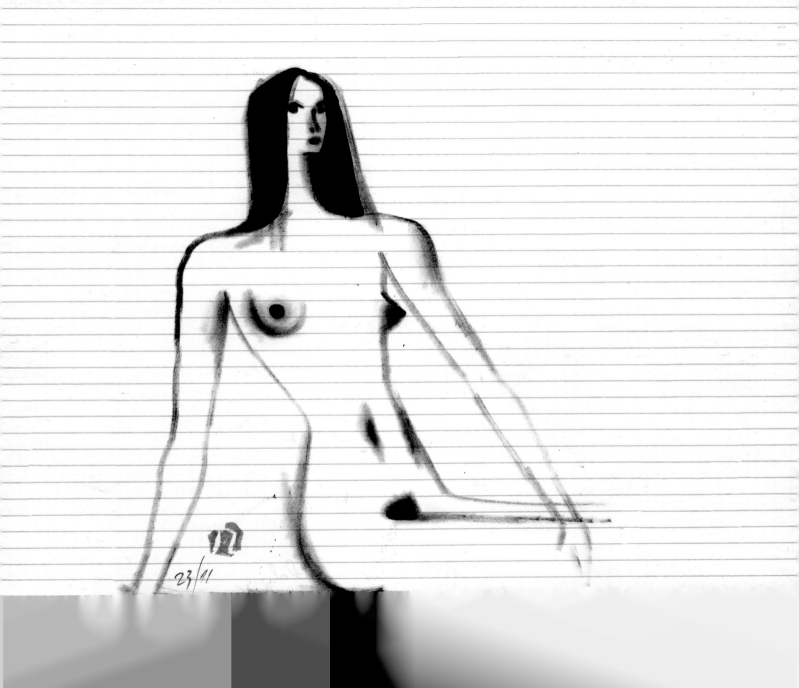

23/11

다. 구로프는 그녀를 바라보았다. '살면서 이런 만남이 올 줄이야!' 과거의 연애에서 그는 많은 추억을 쌓아두고 있었다. 연애를 즐길 줄 알고, 비록 짧았던 행복이지만 그에게 고마워하던 낙천적이고 선량한 여자들도 있었고, 가령 그의 아내처럼 수다스럽고 가식적이며 히스테리를 부리는데다가 마치 그와의 관계가 사랑도 열정도 아닌 뭔가 그보다 의미심장한 것이란 표정을 짓던 여자들도 있었다. 그 가운데 두세 명은 매우 아름다우면서도 차가운 여자들이었는데, 이따금 갑작스레 맹수 같은 표정을 지으며 삶이 줄수 있는 것보다 더 많은 것을 움켜쥐려는 집요한 욕망을 드러내기도 했다. 청춘은 이미 지난 나이에 변덕스럽고 분별력이 없으며, 권위적이면서 아둔한 여자들이었다. 그들에 대한 애정이 식어버리자 그들의 아름다움은 구로프에게 증오를 불러일으켰고, 속옷에 달린 레이스조차 비늘처럼 느껴졌다.

그런데 이 여인은 내내 미숙한 소녀마냥 소심하고 서툴렀으며, 어색한 감정을 내보였다. 마치 누군가 갑자기 문 두드리는 소리에 당황이라도 하는 것처럼. 안나 세르게예브나, '개를 데리고 다니는 여인'은 지금 자신에게 아주 특별하고 심각한 일이 발생했으며 자기는 이제 타락했다고 여기는 듯했다. 그 모습이 이상하고 어울리지 않아 보였다. 시들고 축 처진 모습이었다. 긴 머리를 얼굴 양옆으로 처량하게 늘어뜨린 채 우울한 표정으로 생각에 잠겨 있었다. 마치 옛날 그림에 나오는 죄지은 여인 같았다.

"좋지 않아요." 그녀가 말했다. "이젠 당신이 가장 먼저 나를 존중하지 않을 거예요."

호텔방 테이블에는 수박이 놓여 있었다. 구로프는 한 조각을 잘라 천천히 먹기 시작했다. 침묵 속에서 최소한 반시간이 흘렀다.

안나 세르게예브나가 애처로워 보였다. 그녀에게선 순결하고 정숙하며 아직 젊은 여인의 순진함이 배어나왔다. 테이블 위에서 타오르는 외로운 초 하나만이 그녀의 얼굴을 비추고 있었다. 그녀는 마음이 편치 않은 게 분명해 보였다.

"어째서 내가 당신을 더이상 존중하지 않을 거라고 생각하지?" 구로프가 물었다. "당신이 방금 무슨 말을 했는지 알아?"

"하느님, 저를 용서해주세요!" 그녀가 눈물을 글썽이며 말했다. "정말 끔찍한 일이에요."

"당신은 변명하고 싶겠지."

"무엇으로 변명할 수 있겠어요? 저는 저속하고 나쁜 여자예요. 저 자신이 경멸스러워요. 변명은 생각지도 않아요. 저는 남편을 속인 게 아니라 저 자신을 속인 거예요. 이번만이 아니에요. 이미 오래전부터 속여왔어요. 잘은 몰라도 남편은 정직하고 좋은 사람이에요. 하지만 그러면 뭐해. 그저 하인인걸! 저는 그 사람이 어디에서 일하고 무슨 일을 하는지도 몰라요. 단지 그가 하인이라는 것만 알아요. 그와 결혼할 때 저는 스무 살이었죠. 호기심 때문에 괴로웠어요. 뭔가 더 나은 걸 원했어요. 스스로에게 이렇게 말하곤 했어요. 분명 더 나은 삶이 있을 거야. 제대로 살고 싶었던 거예요! 정말 제대로 살아보고 싶었어요. 호기심이 불타올랐어요…… 당신은 이해 못 하실 거예요. 하지만 하느님께 맹세컨대, 더이상 자제할 수 없었어요. 저한 테 분명 무슨 일이 일어나고 있었고 걷잡을 수 없었어요. 그래서 남편에게 는 아프다고 말하고 이곳으로 온 거예요. 여기 와서는 열에 들떠서 마치 정신 나간 여자처럼 돌아다녔어요…… 그리고 이렇게 저속하고 형편없는 여자가 되어버렸어요. 모두가 저를 경멸할 거예요."

구로프는 이미 그녀의 말을 듣는 게 지루해졌다. 그녀의 순진한 말투와 갑작스럽고 뜬금없는 참회에 짜증이 일었다. 만약 그녀의 눈에 눈물이 고여 있지 않았다면 그녀가 농담을 하거나 연기를 하고 있다고 생각했을지도 모른다.

"이해가 안 되는군." 그가 조용히 말했다. "뭘 원하는 거야?"

그녀는 그의 가슴에 얼굴을 묻으며 바짝 안겼다.

"믿어주세요, 저를 믿어주세요, 제발……" 그녀가 말했다. "저는 정직하고 깨끗한 삶을 사랑해요. 죄를 짓는 건 싫어요. 제가 뭘 하고 있는 건지 저 자신도 모르겠어요. 사람들은 이럴 때 귀신에 홀렸다고들 하죠. 지금이 바로 그런 것 같아요. 제가 귀신에 홀렸나봐요."

"그만, 그만……" 그가 중얼거렸다.

그는 겁에 질려 미동도 하지 않는 그녀의 두 눈동자를 바라보았다. 그녀

에게 입을 맞추고 조용히 그리고 부드럽게 말했다. 그러자 그녀는 차츰 진정이 되었고, 다시금 쾌활한 모습을 되찾았다. 둘은 웃기 시작했다.

잠시 후 두 사람은 밖으로 나갔다. 바닷가에는 아무도 없었다. 사이프러스가 우거진 도시는 죽은듯이 조용했지만 파도는 여전히 세차게 해변을 때렸다. 고깃배 한 척만이 물결에 흔들리고, 배에 걸린 작은 등불이 졸린 듯 깜박거리고 있었다.

그들은 마차를 잡아타고 오레안다*로 향했다.

"좀전에 아래층 로비에서 당신의 성을 알아냈어. 게시판에 폰 디데리츠라고 적혀 있더군." 구로프가 말했다. "남편이 독일 사람이야?"

"아뇨, 그 사람 할아버지가 독일인일 거예요. 그이는 러시아 정교도예요."

오레안다에서 그들은 교회 근처의 벤치에 앉아 말없이 바다를 내려다보았다. 아침 안개 속에서 어렴풋이 얄타가 보였고 산꼭대기에는 흰 구름이 걸려 있었다. 나뭇잎 하나 흔들리지 않았고 매미들만 소리 내 울었다. 아래쪽에서 들려오는 단조롭고 먹먹한 파도 소리만이 우리를 기다리는 평온과 영면에 대해 말해주고 있었다. 이곳에 얄타도 오레안다도 존재하지 않던 때에도 그렇게 아래쪽에서는 파도 소리가 울렸을 것이다. 지금도 그 파도 소리가 울리고 있고, 우리가 모두 사라진 후에도 그렇게 무심하고 먹먹하게

---

* 얄타 해안의 해발 197미터에 위치한 지역.

계속 울릴 것이다. 이런 항구성에, 우리들 각자의 삶과 죽음에 대한 이 완전한 무관심 속에, 아마도 영원한 구원의 약속, 지상에서의 삶의 끊임없는 움직임과 완성을 향한 무한한 진보의 약속이 숨어 있는지도 모른다. 여명을 받아 더 아름다워 보이는 젊은 여인과 나란히 앉은 구로프는 바다와 산, 구름, 넓은 하늘이 내다보이는 풍경에 흠뻑 빠져 있었다. 구로프는 우리가 존재의 고결한 목적과 인간적 존엄을 잊은 채 생각하고 행동하는 것을 제외하면 이 세상 모든 것이 실상 얼마나 아름다운가 하고 생각했다.

아마도 야경꾼인 듯한 이가 다가와서 그들을 쳐다보다가 사라졌다. 이런 사소한 일도 신비스럽고 아름답게만 여겨졌다. 페오도시야*에서 오는 증기선이 이미 불을 끈 채 아침놀을 받으며 들어오고 있었다.

"풀잎에 이슬이 맺혔네요." 침묵 끝에 안나 세르게예브나가 말했다.

"그래요. 돌아갑시다."

그들은 도시로 돌아왔다.

이후로 그들은 매일 정오 해변에서 만나 같이 점심을 먹고, 저녁을 먹고, 산책을 하고, 바다를 보며 경탄했다. 그녀는 잠을 잘 못 잤다거나 심장이 불안정하게 뛴다며 불평을 늘어놓았고, 자신을 충분히 존중해주지 않는다며 때로는 질투심에, 때로는 두려움에 구로프에게 똑같은 질문만 해댔다. 광

---

* 흑해 연안 크림반도에 있는 항구도시.

장이나 공원에서 근처에 아무도 없을 때면 구로프는 갑자기 그녀를 끌어안고 열정적인 키스를 퍼부었다. 완벽한 여유와 혹시라도 누가 볼까 긴장 속에 이루어지는 한낮의 키스, 열기와 바다 냄새, 그리고 끊임없이 눈앞에서 어른거리는, 잘 차려입고 여유를 부리며 돌아다니는 휴가객들의 모습이 그를 딴사람으로 만들어놓은 듯했다. 그는 안나 세르게예브나에게 그녀가 얼마나 아름답고 매혹적인지 얘기했고, 참을 수 없는 열정으로 그녀에게서 한 걸음도 떨어지지 않으려고 했다. 반면 그녀는 종종 생각에 잠겼고, 그에게 자신을 존중하지 않고 결코 사랑하지 않을뿐더러 저속한 여자쯤으로 생각한다는 걸 인정하라고 요구했다. 거의 매일 저녁 늦게 그들은 마차를 타고 어디든 교외로, 오레안다나 폭포가 있는 곳으로 향했다. 이런 짧은 여행은 언제나 만족스러웠고, 매번 아름답고 장엄하다는 인상을 남겼다.

두 사람은 남편이 오길 기다렸다. 그런데 남편 대신 편지가 왔다. 눈병이 났으니 아내가 빨리 돌아오면 좋겠다는 전갈이었다. 안나 세르게예브나는 서둘렀다.

"잘됐어요, 저는 떠날 거예요." 그녀가 구로프에게 말했다. "이건 운명이에요."

그녀는 마차를 타고 떠났고 그가 동행했다. 기차역까지는 꼬박 하루가 걸렸다. 급행열차에 자리를 잡고 출발을 알리는 두번째 벨이 울리자 그녀가 말했다.

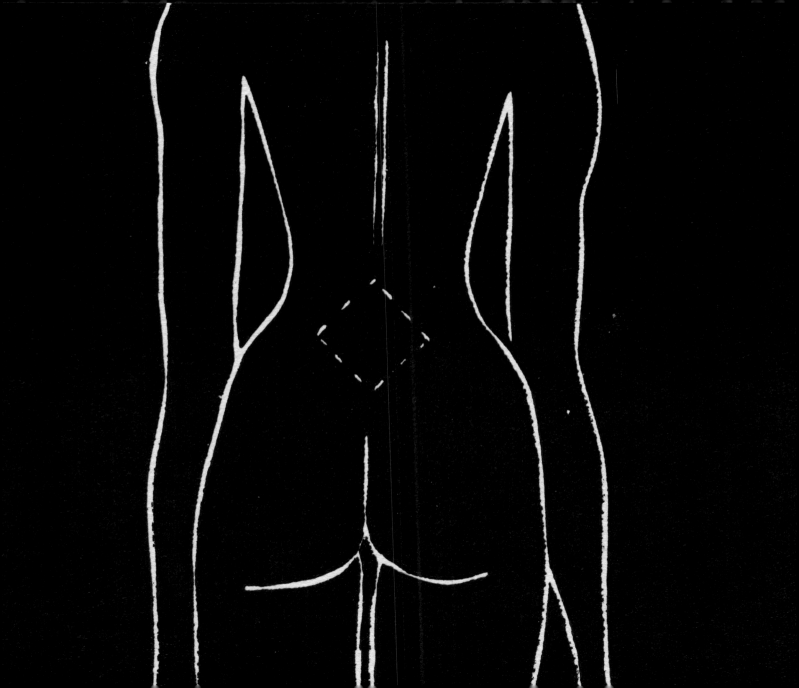

"한 번만 더 당신의 얼굴을 보게 해줘요…… 한 번만 더. 그렇게요."

그녀는 울지 않았지만 마치 아픈 사람처럼 우울해 보였다. 그녀의 얼굴이 떨리고 있었다.

"당신이 그리울 거예요…… 당신을 기억할 거예요." 그녀가 말했다. "하느님이 함께하시길 빌어요. 잠시만요. 부디 나를 나쁘게 생각하지 말아주세요. 우리는 영원히 헤어지는 거예요. 그래야만 해요. 다시 만나서는 안 되니까요. 그럼, 하느님이 함께하시길."

기차는 빠르게 떠났고, 그 불빛도 곧 사라졌다. 잠시 후에는 기차 소리마저 들리지 않았다. 마치 이 달콤한 미망과 광기에서 빨리 벗어나라고 모든 것이 일부러 꾸며진 듯했다. 플랫폼에 혼자 남겨진 채 멀리 어둠을 응시하던 구로프는 이제 막 잠에서 깨어난 것 같은 느낌으로 귀뚜라미 우는 소리와 전선이 윙윙거리는 소리를 들었다. 인생에 또 한번의 무모한 장난 혹은 모험이 있었으며, 이제 이것도 다 지나가고 추억만 남았다는 생각이 들었다…… 그는 심란하고 슬펐으며 가벼운 회한을 느꼈다. 다시는 만날 수 없는 이 젊은 여인은 그와 함께 있는 동안 행복해한 적이 없었다. 그는 그녀에게 친절했고 진심을 다했지만 그녀를 대하는 그의 목소리와 애무에는 가벼운 조롱, 그리고 나이가 거의 두 배나 많음에도 행운을 거머쥔 사내의 거친 오만함이 그림자처럼 드리워 있었다. 그녀는 언제나 그를 선량하고 특별하며 고결한 사람이라고 불렀다. 분명히 그녀에게는 그의 진짜 모습을 볼 기회가 주어지지 않았고, 결국엔 그가 의도하지 않았더라도 그녀를 얼마간 속였다는 뜻이 된다……

　기차역에는 벌써 가을 냄새가 났고 저녁 날씨는 쌀쌀했다.

　'나도 북쪽으로 갈 때가 됐군.' 구로프는 플랫폼을 나오면서 생각했다. '갈 때가 됐어!'

III

모스크바의 집에서는 이미 모든 것이 겨울이었다. 벽난로에 불을 땠고, 아침마다 아이들이 학교 갈 준비를 마치고 모여서 차를 마실 때도 날이 밝지 않아 유모가 잠시 램프를 켜야 했다. 어느 틈에 벌써 성에가 끼기 시작했다. 첫눈이 내리는 날 처음으로 썰매를 타고 나가 흰 눈이 덮인 땅과 지붕들을 보는 건 얼마나 상쾌한 일인지. 이런 날은 숨쉬는 것도 부드럽고 기분이 좋다. 어린 시절의 기억도 떠오른다. 하얗게 서리가 앉은 보리수와 자작나무는 왠지 선량한 표정이어서 사이프러스나 종려나무보다 친근하게 느껴진다. 보리수나 자작나무와 가까이 있으면 산이나 바다는 생각하고 싶지 않다.

구로프는 모스크바 사람이었다. 맑게 갠 영하의 날씨에 그는 모스크바로

돌아왔다. 모피코트와 털장갑으로 무장하고 페트로프카 거리*를 돌아다닐 때나 토요일 저녁이면 들려오는 교회 종소리에 귀를 기울이고 있을 때면 바로 얼마 전에 다녀온 여행과 그가 머물렀던 장소들은 완전히 매력을 잃었다. 그는 차츰 모스크바 생활에 다시 익숙해졌다. 하루에 신문 세 종을 게걸스레 읽어치우면서도 원칙상 모스크바 신문은 읽지 않는다고 떠벌렸다. 레스토랑과 클럽, 초대받은 만찬과 기념일 파티의 유혹에 빠져들었고, 유명한 변호사나 예술가들이 그의 집을 방문하고, 자신이 의사클럽에서 교수들과 카드놀이를 한다는 사실에 우쭐했다. 냄비에 담겨 나오는 모스크바식 솔랸카**도 전처럼 일인분을 거뜬히 먹어치울 수 있게 되었다······

그의 생각에, 한 달 정도 지나면 안나 세르게예브나도 기억 저편 안개 속으로 사라지고 다른 여자들처럼 어쩌다 꿈에서나 애처로운 미소를 지으며 나타날 것 같았다. 하지만 한 달도 더 지나고 한겨울이 되었는데도 모든 기억이 또렷했다. 마치 안나 세르게예브나와 바로 어제 헤어지기라도 한 것처럼. 실은 그녀에 대한 기억이 점점 더 거세게 불타올랐다. 고요한 저녁에 숙제를 하는 아이들의 목소리가 그의 서재까지 들려올 때, 레스토랑에서 노래나 오르간 연주를 들을 때, 혹은 벽난로에서 눈보라가 윙윙거리는 소리가 들릴 때, 불쑥불쑥 모든 기억이 되살아났다. 부두에서 있었던 일, 안개

---

* 모스크바에서 가장 번화하고 고급스러운 거리.

** 고기나 생선 육수에 토마토와 향신료를 넣고 끓인 수프로, 러시아 대표 음식 중 하나이다.

긴 산에서 맞이했던 새벽, 페오도시야에서 온 증기선, 그리고 키스. 그는 추억에 잠겨 미소를 지으며 오랫동안 방안을 서성거리곤 했다. 그러면 추억은 꿈이 되고, 과거는 상상 속에서 미래와 뒤섞였다. 안나 세르게예브나는 그의 꿈에만 나타나는 것이 아니라 마치 그림자처럼 그가 가는 곳이면 어디든 뒤따라다니며 그를 지켜보았다. 눈을 감으면 바로 눈앞에 서 있는 듯 그녀의 모습이 생생하게 떠올랐다. 그녀는 전보다 더 아름답고, 더 젊고, 더 부드러워 보였다. 그도 그때 얄타에서보다 훨씬 나아 보이는 듯했다. 그녀는 저녁마다 서가에서, 벽난로에서, 방구석에서 그를 건너다보았고, 그는 그녀의 숨소리와 옷자락이 부드럽게 끌리는 소리를 들었다. 거리에서는 눈으로 여자들을 좇으며 그녀와 닮은 여인이 있는지 찾았다……

그리고 결국에는 누군가와 자신의 추억을 나누고 싶다는 강한 열망에 시달렸다. 하지만 집에서는 자신의 사랑에 대해 말할 수 없었고, 집밖에서도 얘기할 상대가 없었다. 이웃들에게 그런 얘기를 할 수도 없고 은행에서도 마찬가지였다. 하지만 뭘 이야기한단 말인가? 그때 그녀를 정말 사랑하기는 했던 걸까? 안나 세르게예브나와 그의 관계에 무언가 아름답고 시적인 것, 혹은 희망적인 것, 그도 아니면 그저 사사로운 흥밋거리라도 있었던 걸까? 그가 할 수 있는 일이란 사랑에 대해서나 여자에 대해 모호한 말을 던지는 데 그칠 뿐이었고, 그에게 무슨 일이 있었는지 누구도 알아채지 못했다. 아내만이 짙은 눈썹을 치켜뜨면서 한마디할 뿐이었다.

"당신에겐 말야, 디미트리, 멋쟁이 역할은 어울리지 않아."

어느 날 밤 카드놀이 파트너였던 관리와 함께 의사클럽을 나오는 길에 구로프는 더이상 참지 못하고 이렇게 말해버렸다.

"그게 말이죠. 얄타에서 얼마나 매혹적인 여자와 만났는지 아시면 깜짝 놀랄 겁니다!"

관리는 썰매에 올라 출발하려다가 갑자기 고개를 돌려 소리쳤다. "드미트리 드미트리치!"

"예?"

"얼마 전 당신 말이 옳았어요. 철갑상어가 맛이 갔더라고!"

어째서인지 너무도 평범한 이 말에 갑자기 구로프는 분개했다. 그에게는 모욕적이고 불결한 말로 들렸다. 이 얼마나 조야한 풍속에다 천박한 위인들인가! 이 얼마나 무의미한 밤들이고, 무료하고 시시한 날들인가! 얼빠진 카드놀이, 폭식, 만취, 그리고 끝도 없이 반복되는 늘 똑같은 대화들. 쓸데없는 일들과 늘 똑같은 얘기들이 인생에서 가장 좋은 시간과 에너지를 빼앗아가고 결국 우리에겐 날개도 없고 꼬리도 잘린 삶, 헛소리 같은 삶만 덩그러니 남게 된다. 밖으로 나가거나 도망칠 수도 없다. 마치 정신병원이나 감옥에 갇혀 지내는 것처럼.

구로프는 밤새 잠을 이루지 못하고 분개했고, 다음날은 하루종일 두통에 시달렸다. 쉽게 잠을 이루지 못하는 밤들이 이어졌고, 밤새 침대에 앉아 생

각에 잠기거나 방안을 서성거렸다. 아이들도 지겨웠고 은행도 지겨웠다. 어디로도 가고 싶지 않았으며 아무 말도 하고 싶지 않았다.

12월 휴가 기간이 되자 그는 여행 채비를 했다. 아내에게는 한 청년의 일을 봐줄 게 있어서 상트페테르부르크에 간다고 말해두고 S시로 갔다. 왜? 그 자신도 잘 알지 못했다. 그는 안나 세르게예브나와 만나 이야기를 나누고, 가능하다면 밀회를 갖고 싶었다.

다음날 아침 S시에 도착한 그는 호텔에서 가장 좋은 방을 잡았다. 바닥 전체에 회색 군용 펠트천이 깔려 있는 방이었다. 탁자에는 먼지가 내려앉아 회색빛이 도는 잉크병이 놓여 있었다. 기마상 모양 잉크병이었는데, 기사는 머리가 잘린 채 모자를 든 한 손을 치켜들고 있었다. 호텔 수위가 그에게 필요한 정보를 모두 제공해주었다. 폰 디데리츠는 구 곤차르나야 거리에 있는 자기 소유의 저택에 살고 있으며, 호텔에서 멀지 않은 곳이라고 했다. 자기 소유의 마차가 있을 정도로 부유해서 이 도시 사람들 모두가 그를 알고 있다고. 수위는 그의 이름을 '드리디리츠'라고 발음했다.

구로프는 그 저택을 찾아 천천히 구 곤차르나야 거리로 향했다. 저택 바로 맞은편에는 담장에 못을 박은 회색 울타리가 길게 둘러쳐져 있었다.

'저 울타리에서 도망치고 싶었던 거군.' 구로프는 창문과 울타리를 번갈아 쳐다보며 생각했다.

그리고 곰곰이 따져보았다. 오늘은 휴일이니까 남편이 집에 있을지도 모른다. 그렇지 않더라도 불쑥 집으로 들어가서 곤란을 야기하는 건 요령 없는 행동이다. 그렇다고 쪽지를 보냈다가 남편 손에 들어가기라도 하면 그때는 모든 게 허사가 된다. 차라리 우연을 기대하는 편이 낫다. 그는 울타리 근처 거리를 계속 오가며 그 우연을 기다렸다. 마침 걸인 하나가 대문으로 들어가자 개들이 덤벼들었다. 그리고 한 시간쯤 지나 피아노 연주 소리가 들려왔다. 피아노 소리는 약하고 희미하게 새어나왔다. 아마도 안나 세르게예브나가 연주하는 것일 터였다. 그때 갑자기 현관문이 열리더니 한 노파가 밖으로 나왔다. 눈에 익은 하얀 스피츠가 그 뒤를 따랐다. 구로프는 개를 부르려고 했지만 갑자기 심장이 세차게 두근거리면서 흥분한 나머지 스피츠의 이름을 기억해낼 수 없었다.

집 주위를 서성거리다보니 회색 울타리에 대한 증오심이 점점 더 커졌다. 어쩌면 안나 세르게예브나는 그를 잊고 다른 남자와 재미를 보고 있을지도 모른다. 아침부터 저녁까지 저런 저주스러운 울타리를 마주해야 하는 젊은 여자에게는 당연한 일일지도 모른다는 생각에 감정이 격앙되었다. 호텔방으로 돌아온 그는 무엇을 해야 할지 몰라 한참을 소파에 앉아 있었다. 그러고는 점심을 먹고 긴 잠에 들었다.

'이런 멍청하고 딱한 일이 다 있나.' 잠에서 깨어나 어둑해진 창밖을 바라보며 그는 생각했다. 벌써 저녁이었다. '아무튼 잠도 다 자버렸는데, 이제 밤새 뭘 해야 하지?'

그는 병원에서나 쓸 법한 싸구려 회색 담요가 덮인 침대에 앉아 깊은 실망감에 스스로를 조롱했다. '고작 이런 게 개를 데리고 다니는 여인과의 로맨스란 말인가…… 이걸 모험이라고 꿈꾼 거야…… 고작 이렇게 앉아가지고.'

그날 아침 역에서는 아주 큼직한 글자가 박힌 포스터가 그의 눈길을 끌었었다. 〈게이샤〉라는 오페라의 초연을 알리는 포스터였다. 포스터를 떠올린 그는 곧바로 극장으로 향했다.

'그녀라면 분명 초연을 보러 극장에 올 거야.' 그는 생각했다.

극장은 만원이었다. 지방의 극장들이 대부분 그렇듯 여기도 중앙 샹들리에 위로 담배 연기가 자욱했고, 상층 객석의 관객들은 소란스러웠다. 공연이 시작되기 전, 이 지역의 멋쟁이들이 1층 객석 첫줄에 뒷짐을 지고 서 있었다. 현縣지사용 특별석에는 맨 앞자리에 모피 목도리를 두른 지사의 딸이 앉아 있었고, 지사는 커튼 뒤에 점잖게 숨은 듯 앉아 있어서 그의 두 손만 보였다. 무대막이 펄럭였고 오케스트라는 한참 동안 조율을 했다. 관객들이 입장해서 자리를 잡는 내내 구로프는 두 눈을 크게 뜨고 관객석을 샅샅이 훑으며 그녀를 찾았다.

마침내 안나 세르게예브나가 들어왔다. 그녀는 세번째 줄에 앉았다. 그녀를 보는 순간 구로프는 심장이 오그라드는 듯했다. 이제 그에게 세상에서 그녀보다 더 소중하고 중요한 사람은 없다는 것을 분명히 깨달을 수 있

La
señora
del
Perrito
A. Chejov

었다. 지방 도시의 인파 속에서 특별히 눈에 띄지도 않는 자그마한 여자, 손에는 조야한 오페라 안경을 들고 있는 저 여자가 지금 그의 삶 전체를 가득 채우고 있었고, 그의 슬픔이자 기쁨이었으며, 그가 원하는 유일한 행복이었다. 형편없는 오케스트라와 아마추어처럼 서툰 바이올린 연주 속에서 그는 그녀가 얼마나 아름다운지를 생각했다. 생각하고 꿈꾸었다.

안나 세르게예브나와 함께 들어와 나란히 앉은 젊은 남자는 키가 아주 크고 구부정했으며 구레나룻을 조금 기르고 있었다. 걸으면서 고개를 끄덕이는 게 마치 쉬지 않고 인사를 하는 것처럼 보였다. 틀림없이 남편이었다. 얄타에서 그녀가 고통스러운 감정을 토로하며 하인이라고 불렀던 인물이다. 실제로 그의 큰 키와 구레나룻, 그리고 약간 벗어진 머리에는 어쩐지 하인 같은 비굴함이 배어 있었다. 그의 미소는 무미건조했고, 상의 장식용 단춧구멍에는 학회배지 같은 게 반짝였는데, 꼭 하인 명찰처럼 보였다.

첫번째 휴식 시간에 남편이 담배를 피우러 나가자 그녀는 혼자 자리에 남았다. 같은 층에 있던 구로프는 그녀에게 다가가 힘겹게 미소를 지으며 떨리는 목소리로 말을 건넸다.

"안녕하십니까."

부르는 소리에 그를 올려다본 그녀의 얼굴이 창백해졌다. 두 눈을 믿기 어렵다는 듯이 겁에 질려 한번 더 그를 쳐다보고는 부채와 오페라 안경을 꼭 움켜쥐었다. 정신을 잃지 않으려고 안간힘을 쓰는 게 분명했다. 둘 다 말이 없었다. 그녀는 앉아 있었고, 그는 당황한 그녀 모습에 놀라 곁에 앉을 엄두도 내지 못한 채 서 있었다. 어느덧 바이올린과 플루트를 조율하는 소리가 다시 울리기 시작했고, 갑자기 두려움이 엄습했다. 마치 위층에 앉은 사람들이 모두 두 사람을 주시하는 듯한 느낌이었다. 그때 그녀가 벌떡 일어나 빠르게 출구 쪽으로 걸어갔다. 그도 뒤를 따랐다. 두 사람은 공연히 복도를 지나고 계단을 오르내렸다. 제복 차림에 하나같이 배지를 달고 있는 법조인과 교사와 관리들, 그리고 부인들과 옷걸이에 걸린 코트들이 눈앞에 어른거렸다. 한줄기 외풍이 불어들어오면서 담배꽁초 냄새가 풍겼다. 구로프는 심장이 격하게 뛰는 것을 느끼며 생각했다. '오 맙소사! 이 사람들은 대체 뭐고, 오케스트라는 또……' 그리고 그 순간 갑자기 그는 떠올렸다. 역에서 안나 세르게예브나를 배웅하던 저녁에, 모든 게 끝났다고, 이제 다시는 볼 수 없을 거라고 스스로에게 말하지 않았던가. 하지만 정말로 끝나기까지는 아직도 얼마나 먼 길이 남은 것인가!

'상층 입구'라고 쓰인 좁고 어두운 계단에서 그녀가 멈춰 섰다.

"얼마나 놀랐다고요!" 그녀가 힘겹게 숨을 내쉬며 말했다. 여전히 창백한 얼굴빛에 당황한 기색이었다. "얼마나 놀랐는데요! 정말 죽을 뻔했어요. 여긴 왜 오신 거예요? 왜?"

"이해해주시오, 안나, 이해해줘요……" 그는 낮은 목소리로 서둘러 말했다. "제발, 이해해주시오……"

그녀는 두려움과 애원, 사랑이 담긴 눈길로 그를 바라보았다. 그의 모습을 기억에 깊이 새겨두려는 듯이 뚫어지게 바라보았다.

"얼마나 괴로운지 몰라요!" 그의 말은 듣지 않고 그녀가 말을 이었다. "내내 당신 생각을 했어요. 당신 생각뿐이었다고요. 그래도 잊으려고 했어요. 잊어보려고. 그런데 어쩌자고, 어쩌자고 오신 거예요?"

위쪽 계단참에서 담배를 피우던 학생 두 명이 그들을 내려다보았지만, 구로프는 상관하지 않았다. 그는 안나 세르게예브나를 당겨 안으며 그녀의 얼굴과 볼, 손에 입을 맞추기 시작했다.

"뭐하시는 거예요, 지금 뭐하시는 거냐고요!" 그녀가 겁에 질려 그를 밀어내며 말했다. "우리 둘 다 제정신이 아니에요. 오늘 당장 떠나세요. 지금 당장이요…… 제발 부탁이에요, 제발…… 누가 오고 있어요!"

아래쪽에서 누군가 계단을 올라오는 소리가 들렸다.

"떠나셔야 해요……" 안나 세르게예브나가 계속해서 속삭였다. "제 말 들으세요, 드미트리 드미트리치. 제가 모스크바로 갈게요. 전 이제까지 한 순간도 행복한 적이 없었고, 지금도 행복하지 않아요. 앞으로도 영원히 행복할 수 없을 거예요, 절대로! 그러니 저를 더이상 괴롭히지는 말아주세요! 제가 당신을 만나러 모스크바로 갈게요. 맹세해요. 하지만 지금은 헤어져요! 내 사랑, 나의 소중한 사람, 지금은 헤어져요!"

그녀는 그의 손을 한 번 잡았다 놓고는 재빨리 아래로 내려가면서도 그에게서 눈을 떼지 못했다. 그녀의 눈빛에서 정말로 행복하지 않다는 것을 알 수 있었다. 구로프는 선 채로 잠시 귀를 기울이다가, 주위가 완전히 조용해지자 자신의 외투를 찾아 극장을 떠났다.

IV

그리하여 안나 세르게예브나가 모스크바로 그를 찾아오기 시작했다. 남편에게는 부인병과 관련하여 전문교수의 상담을 받으러 간다고 말해두고, 두세 달에 한 번씩 S시를 떠나왔다. 남편은 절반은 믿고 절반은 믿지 않았다. 모스크바에 도착하면 그녀는 슬라뱐스키 바자르 호텔*에 방을 잡고 그 즉시 구로프에게 빨간 모자를 쓴 심부름꾼을 보냈다. 그러면 구로프가 그녀에게 다녀갔고, 모스크바 사람 누구도 이들의 관계에 대해 알지 못했다.

어느 겨울날 아침에도 그런 식으로 그녀에게 가던 길이었다(심부름꾼이 전날 저녁에 찾아왔었지만 그가 집에 없을 때였다). 등교하는 딸과 같은 방

---

* 모스크바에 있는 고급 호텔.

향이어서 바래다줄 겸 함께 길을 나선 참이었다. 함박눈이 내리고 있었다.

"영상 3도인데도 눈이 내리는구나." 구로프가 딸에게 말했다. "하지만 지표면만 이렇게 따뜻하단다. 대기권 상층부는 기온이 전혀 달라."

"아빠, 겨울에는 왜 천둥벼락이 안 쳐요?"

그는 그것도 설명해주었다. 딸에게 이야기하면서도 지금 자신이 밀회 장소로 가고 있다는 사실과 그에 대해 알고 있는 사람이 단 한 명도 없다는 점을 떠올렸다. 그리고 틀림없이 앞으로도 그럴 것이었다. 그에겐 두 가지 삶이 있었다. 하나는 원한다면 누구나 훤히 들여다볼 수 있는 공적인 삶이었다. 그 삶은 그의 지인이나 친구들의 삶과 쏙 닮은, 조건부 진실과 조건부 기만으로 가득차 있었다. 반면에 다른 하나는 비밀스럽게 흘러갔다. 몇몇 낯선 우연들이 겹치다보니, 말 그대로 우연이겠지만, 그에게 중요하고 흥미로우며 꼭 필요한 모든 것, 그가 자신을 속이지 않고 진실할 수 있는 모든 것, 그의 삶의 알맹이를 이루는 모든 것은 다른 이들 모르게 이루어졌고, 진실을 가리기 위해 덮어쓰고 있는 그의 거짓과 껍데기, 가령 은행 업무나 클럽에서의 논쟁, '저급한 인종'이라는 말, 아내와 함께 기념일 파티에 가는 일만이 명백하게 겉으로 드러났다. 그는 자기 기준에 따라 다른 이들을 판단했기에, 보이는 대로만 믿지 않았고, 모든 사람에게는 마치 밤하늘 같은 비밀의 장막 아래로 각자의 가장 흥미로운 삶, 진짜 삶이 흘러가고 있다고 생각했다. 모든 개인의 존재는 비밀리에 유지되고 부분적으로는 이 때문에

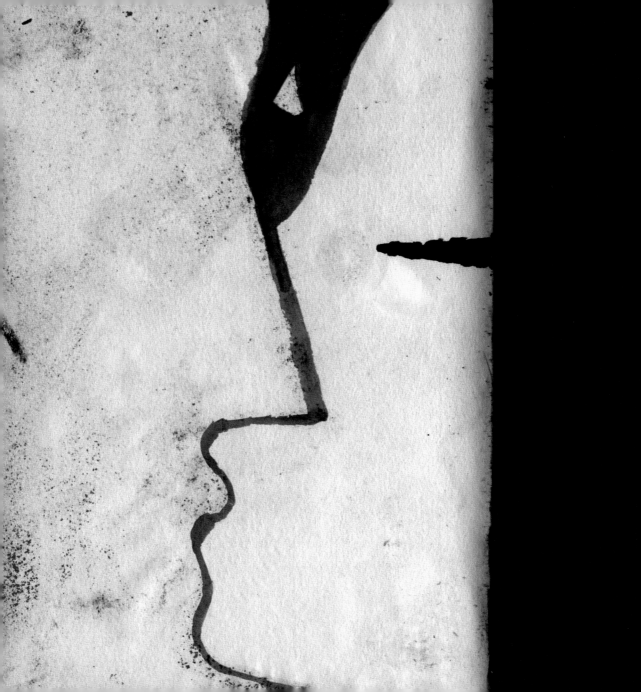

교양인들이 사생활의 비밀을 보장해야 한다고 그렇게 예민하게 구는지도 모른다.

딸을 학교에 데려다주고 구로프는 슬라뱐스키 바자르 호텔로 향했다. 그는 아래층에서 외투를 벗고 위층으로 올라가 조용히 문을 두드렸다. 안나 세르게예브나는 전날 저녁부터 그를 기다리고 있었다. 그가 좋아하는 회색 원피스를 입은 채로 여행의 피로와 기다림에 지친 상태였다. 얼굴은 창백했고 그가 들어오는 걸 보고도 미소를 짓지 않았다. 하지만 그가 방으로 들어서기 무섭게 그의 가슴으로 파고들었다. 꼬박 이 년은 서로 만나지 못하기라도 한 듯, 두 사람은 길고 긴 입맞춤을 나누었다.

"그래, 잘 지냈소?" 그가 물었다. "별일 없고?"

"잠시만요, 금방 이야기할게요…… 아, 지금은 못하겠어요."

그녀는 우느라 말을 잇지 못했다. 그러고는 그에게서 몸을 돌려 손수건으로 눈을 가렸다.

'그래, 울게 내버려두자. 나는 좀 앉아 있으면 되지.' 이렇게 생각하며 그는 안락의자에 앉았다.

이어 그는 벨을 울려 방으로 차를 주문했다. 그가 차를 마시는 동안 그녀는 내내 창 쪽으로 몸을 돌린 채 서 있었다…… 감정이 격해져, 그리고 두 사람의 삶이 그토록 애처로운 현실이 되어버렸다는 고통스러운 깨달음에 그녀는 울었다. 마치 도둑처럼 사람들의 눈을 피해 비밀스럽게 만날 수밖에 없다니! 이런 삶이 파멸이 아니고 뭐란 말인가?

"이제 그만!" 그가 말했다.

그에게는 이 사랑이 금방 끝나지 않을 게 분명해 보였다. 그 끝이 언제일지도 알 수 없었다. 안나 세르게예브나는 그에게 점점 더 집착했으며 그를 숭배했다. 그녀에게 언젠가는 이 모든 일이 끝날 거라고 말하는 건 상상도 할 수 없는 일이었다. 어떻게 해도 그녀는 그 말을 믿지 않을 것이다.

그는 그녀에게 다가가 어깨를 잡고 어루만지며 농담을 건네다가 문득 거울에 비친 자신의 모습을 보았다.

어느새 머리가 세기 시작했다. 지난 몇 년간 이렇게 늙고 추해진 자신이 낯설게 느껴졌다. 그가 손을 얹은 어깨는 따뜻했고 가볍게 떨고 있었다. 그는 이 생명에 연민을 느꼈다. 아직은 이렇게 따뜻하고 아름답지만 분명 머지않아 그의 인생처럼 퇴색하고 시들기 시작할 것이다. 어째서 그녀는 이토록 그를 사랑하는 것일까? 그는 여자들에게 항상 본래의 그가 아닌 다른 사람으로 비쳤다. 그들이 사랑한 것은 진짜 그가 아니었다. 그들이 살면서 애타게 갈구해오던 누군가를 상상 속에서 만들어내 사랑한 것이다. 여자들은 혹여 자신들의 실수를 깨달은 뒤라 하더라도 계속해서 그를 사랑했다. 그와 함께 있어서 행복했던 사람은 그 가운데 한 명도 없었다. 세월이 흐르고 여자들을 만나고 사귀고 헤어졌지만 그는 단 한 번도 사랑을 느껴본 적이 없었다. 뭐라고 불러도 무방했지만 결코 사랑은 아니었다.

그런데 이제야, 머리도 세기 시작하는 지금에 와서야 난생처음으로 진짜 사랑을 하게 된 것이다.

안나 세르게예브나와 그는 서로 사랑했다. 아주 가까운 혈육처럼, 남편과 아내처럼, 다정한 친구처럼. 두 사람은 운명이 서로를 맺어주었다고 느꼈다. 왜 그에겐 아내가 있고, 그녀에겐 남편이 있는지 이해할 수 없었다. 서로 다른 새장에 갇혀 지내게 된 암수 철새 한 쌍 같았다. 그들은 과거의 부끄러운 일들과 현재의 모든 것들을 서로 용서했다. 사랑이 두 사람 모두를 변화시켰다고 느꼈다.

전에는 이런 우울한 순간마다 머릿속에 떠오르는 온갖 논리로 자신을 다독이곤 했지만, 지금 그에겐 그런 논리도 의미가 없었다. 그는 깊은 연민을 느꼈고, 솔직하고 다정해지고 싶었다……

"그만해요, 내 사랑." 그가 말했다. "좀 울고 났으니 괜찮아질 거야…… 이제 같이 얘기를 해봅시다. 같이 생각을 해보자고."

두 사람은 오랫동안 머리를 맞대고 상의했다. 사람들을 속여가며 숨어서 만날 수밖에 없고, 서로 다른 도시에 살면서 오랫동안 만나지 못하는 이런 상황에서 벗어날 방법에 대해 이야기했다. 이 참을 수 없는 속박에서 어떻게 하면 해방될 수 있을까?

"어떻게, 어떻게?" 자신의 머리를 감싸쥐며 그는 물었다. "어떻게?"

그러자 조금만 지나면 해결책을 찾아 새롭고 아름다운 인생을 시작할 수

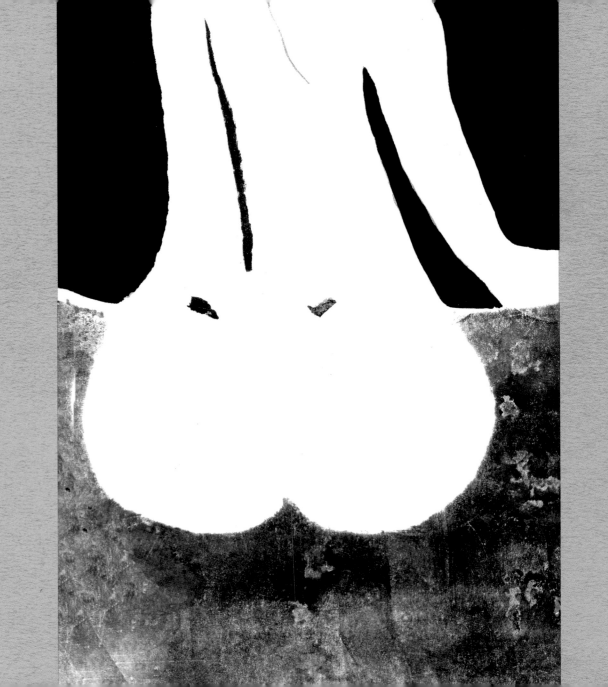

도 있겠다는 생각이 들었다. 하지만 두 사람 다 분명히 알고 있었다. 끝은 아직 멀고도 멀었다는 것을, 그리고 가장 복잡하고 힘겨운 일이 이제 막 시작되고 있다는 것을.

1860   러시아 남부 아조프 해 연안의 항만도시 타간로크에서 아버지 파벨 예고로비치 체호프
          (1825~1898)와 어머니 예브게니야 야코블레브나 체호프(1835~1919)의 여섯 남매 중
          셋째로 태어나다. 아버지는 잡화상이었고 조부는 1841년 지주에게 돈을 주고 해방된 농
          노였다.

1865~1869   톨스토이의 『전쟁과 평화』가 잡지에 발표되다.

1866   도스토옙스키의 『죄와 벌』이 출간되다.

1867   예비학교에서 1년 동안 고대 그리스어를 배우다.

1868   타간로크 김나지움에 입학하다.

1873   처음으로 극장에 가보다. 톨스토이의 『안나 카레니나』가 출간되다.

1876   아버지의 파산으로 가족이 모두 모스크바로 이사하지만 체호프는 학업 때문에 홀로 타간
          로크에 남는다. 가정교사 생활을 하며 스스로 학비를 벌고 가족에게도 금전적인 도움을
          준다.

1879   타간로크 김나지움을 졸업하고 가족이 있는 모스크바로 가서 모스크바 대학 의학부에 입
          학한다.

1880   생계를 위해 여러 잡지와 신문에 단편소설을 기고하기 시작한다. 3월 상트페테르부르크
          의 주간지에 그의 첫 단편 「박식한 이웃에게 보내는 편지」가 게재된다. 여러 필명을 사용
          하며 인기 있는 작가로 자리매김한다. 가장 즐겨 사용한 필명은 안토샤 체혼테였다. 이때
          화가 이사크 레비탄과 만나 매우 가까운 친구가 된다.

1881	상트페테르부르크의 오락 잡지 〈파편〉의 편집자로부터 집필 제의를 받다. 도스토옙스키와 무소륵스키가 사망하다.
1883	단편 「어느 관리의 죽음」 집필. 대학에 다니는 동안 300여 편의 작품을 발표한다. 작품활동과 학업을 병행하며 이때부터 폐결핵 증세를 보이기 시작한다.
1884	단편 「카멜레온」 발표. 모스크바 대학 의학부를 졸업한다. 모스크바 근교에 병원을 개업하고 작품활동을 계속 이어간다. 첫 단편집 『멜포메네 이야기』와 모스크바 신문에 연재했던 소설 『사냥모임에서의 드라마』가 출간된다.
1885	단편 「하사관 프리시베예프」「슬픔」을 발표하고 두번째 단편집 『황혼』을 출간하다. 〈페테르부르크 신문〉에서 집필 제의를 받다.
1886	신문사 〈뉴타임스〉의 대표 알렉세이 수보린으로부터 집필 제의를 받다. 이후로 수보린과 절친한 사이가 된다. 작가 드미트리 그리고로비치로부터 재능을 낭비하지 말라는 충고를 담은 편지를 받고 자극을 받아 전업 작가의 길로 들어선다. 희곡 「이바노프」와 단편 「추도회」를 발표하고 중편 「대초원」을 쓰기 시작한다.
1888	중편 「대초원」 발표. 1885년에 발표했던 단편집 『황혼』으로 푸시킨 상을 수상한다. 모스크바에서 희곡 「이바노프」가 초연된다.
1889	형 니콜라이가 폐결핵으로 사망하다.
1890	폐결핵 증세가 악화된다. 유형지 사할린 섬에서 3개월 동안 머물며 제정 러시아의 감옥제도 실태를 조사한다. 인도, 싱가포르, 스리랑카, 콘스탄티노플, 오데사를 거쳐 12월에 모스크바로 귀환한다. 여행기 『시베리아 여행』을 발표한다.
1891	처음으로 서부 유럽을 여행하다. 6주 동안 빈, 베네치아, 볼로냐, 피렌체, 로마, 나폴리, 니스, 파리를 방문한다.
1892	사할린 여행으로 건강이 악화되어 모스크바 근교의 멜리호보 마을에 정착한 뒤 1897년

까지 머물며 창작활동을 이어간다. 건강을 회복하고 작품에 매진하던 이 시기를 '멜리호보 시대'라 일컫는다. 단편 「결투」와 「6호 병실」을 발표한다.

1893   트레티야코프 미술관이 모스크바로 이전하다. 1897년 트레티야코프 미술관에서 요시프 브라즈에게 체호프의 초상화를 의뢰한다.

1894   단편 「검은 옷의 수도사」를 발표하다.

1895   톨스토이와 첫 만남을 가지다. 르포르타주 『사할린 섬』이 출간되다.

1896   멜리호보 지역에 콜레라가 유행하여 농민들을 무료로 진료한다. 이후 기근 대책 마련, 학교 건립, 교량과 다리 건설 등 사회사업에 힘쓴다. 타간로크 도서관에 책을 보내기 시작한다. 단편 「다락방이 있는 집」을 발표한다. 상트페테르부르크에서 희곡 「갈매기」를 초연하지만 전례없는 혹평을 받는다.

1897   희곡 「바냐 아저씨」 발표. 폐결핵이 악화되어 프랑스 니스에서 겨울을 보낸다.

1898   모스크바 예술극단의 여배우 올가 네오나르도브나 크니페르와 만나다. 아버지가 돌아가시다. 모스크바 예술극단에서 「갈매기」를 공연하고 큰 성공을 거둔다. 이후 체호프의 모든 희곡은 모스크바 예술극단에서 상연된다.

1899   크림반도의 얄타로 거처를 옮겨 요양생활을 시작하다. 희곡 「바냐 아저씨」가 초연되고 단편 「귀여운 여인」 「개를 데리고 다니는 여인」을 발표한다.

1900   러시아 아카데미 문학부문 회원으로 선출되지만 스스로 사임하다.

1901   희곡 「세 자매」 초연. 올가 크니페르와 결혼하다.

1904   44세 생일에 희곡 「벚꽃 동산」이 초연된다. 폐결핵이 악화되어 당시 유명한 요양지였던 독일 바덴바일러에 머물다가 7월 15일에 숨을 거둔다. 시신은 러시아로 옮겨져 노보데비치 수도원에 안장된다.

    '세계 최고의 극작가'이자 '세계 최고의 단편작가'로 불리는 작가가 있다. 「갈매기」를 비롯한 4대 장막극과 함께 수백 편의 단편을 쓴 작가 안톤 체호프(1860~1904)다. 폐결핵으로 마흔네 살의 이른 나이에 세상을 떠났기에 그의 작가생활은 25년 남짓한 기간 동안 이루어졌고, 30권짜리 전집 분량의 작품을 남겼다. 모스크바 대학 의학부를 졸업한 의사였지만 재학 시절부터 학비를 마련하기 위해서 아르바이트로 시작한 창작이 그의 직업이 되었다.

    유머 단편들을 발표함으로써 작가 경력을 시작한 체호프는 이내 두각을 나타내면서 톨스토이(1828~1910)와 도스토옙스키(1821~1881)의 뒤를 잇는 다음 세대 러시아 문학의 기대주로 떠오른다. 톨스토이는 그의 재능을 격찬했고, 러시아 문학사는 그가 활동한 시대를 '체호프의 시대'로 기록한다. 단편작가로서 명성을 쌓아가면서도 체호프는 연극에도 관심을 기울여 여러 편의 장·단막극을 시도한 끝에 1895년 「갈매기」의 초고를 완성한다. 하지만 극작가로서의 성공은 쉽게 찾아오지 않았다. 1896년 초연의 실패로 낙심한 체호프가 극작가로서 재기하는 것은 1898년에 모스크바 예술극장에서 이루어진 「갈매기」 재공연의 성공 덕분이다.

「갈매기」의 성공은 극작가 체호프를 재탄생하게 했을 뿐 아니라 체호프 개인에게도 의미 있는 사건이 되었다. 「갈매기」의 연습을 자주 지켜보던 그가 극중에서 이리나 아르카지나 역을 맡은 배우 올가 크니페르에게 호감을 갖게 되었기 때문이다. 러시아에서 가장 유명하고 잘생긴 작가인데다 미혼이었는지라 체호프의 주변에는 많은 여자들이 있었다. 전기 작가들에 따르면 그는 최소한 33명의 여성들과 연애를 즐겼다. 그 가운데서도 체호프와 각별한 관계였던 여성들로는 젊은 여배우 리디아 야보르스카야, 아마추어 작가이자 유부녀였던 리디아 아빌로바, 아마추어 오페라 가수 리디아 미지노바 등이 있었다(특이하게도 세 명의 이름이 모두 '리디아'였다). 하지만 항상 결혼에 미온적이었던 체호프였기에 이들과의 관계는 언제나 흐지부지 끝났다.

여덟 살 아래였던 크니페르와의 사랑은 그즈음에 시작되었다. 서로 간에 많은 편지를 교환하고(체호프는 원래 편지 쓰기를 즐긴 작가였다) 결핵 요양차 아예 얄타로 이주한 체호프를 크니페르가 방문하면서 두 사람은 급속

도로 가까워졌다. 체호프의 대표작으로 꼽히는 「개를 데리고 다니는 여인」(1899)은 바로 그맘때 쓰였다. 개인사를 작품 속에 잘 드러내지 않는 작가이지만 중년의 사내와 젊은 유부녀 사이의 불륜이 '이제 막 시작인 사랑'으로 전화되어가는 과정을 그린 이 작품에는 체호프 자신의 이야기가 은밀하게 숨겨져 있는 것이다. 물론 체호프와 크니페르의 관계가 구로프와 안나의 관계에 바로 대입되는 것은 아니다. 다만 구로프가 새로운 여성을 만나면서 느끼는 심정의 변화에는 크니페르에 대한 작가 체호프의 감정이 많이 투영돼 있는 것으로 보인다.

비슷한 소재를 다룬 작품이라는 이유로 「개를 데리고 다니는 여인」은 톨스토이의 대작 『안나 카레니나』와 비교되기도 한다. 하지만 단편과 장편이라는 결정적인 차이점 외에도 주인공의 도덕적 각성을 다루지 않는다는 점에서 「개를 데리고 다니는 여인」은 『안나 카레니나』와 구별된다. 게다가 체호프의 재능을 아꼈던 톨스토이도 이 작품에 대해서는 혹평을 서슴지 않았다. 부도덕한 주인공들이 동물들과 다를 바 없다는 비판이었다. 아마도 톨스토이는 안나가 기차에 몸을 던지고 구로프는 복음서를 손에 드는 식의 결말을 기대했는지 모른다(톨스토이가 같은 해에 쓴 작품이 장편 『부활』이다). 하지만 체호프는 도덕주의자가 아니었고 그의 인물들은 확고한 도덕적 원칙을 앞에 내세울 만큼 심지가 굳지도 않다.

「개를 데리고 다니는 여인」에는 어떤 인물들이 등장하는가. 여럿도 아니다. 마흔이 조금 안 된 중년의 사내 드미트리 구로프와 스물을 갓 넘긴 젊은 유부녀 안나 세르게예브나, 둘이다. 이들은 휴양지 얄타에서 처음 만나 사랑을 나누고 헤어지지만, 서로를 잊지 못하는 바람에 다시 만나게 되고 결국 서로에게서 진정한 사랑을 확인하며 "새롭고 아름다운 인생"의 문턱에 서게 된다. 이 단편의 표면적인 줄거리다.

이 작품을 과거에 읽은 적이 있는 독자라면 대략 그 정도의 이야기로 기억할 듯싶다. 혹은 그마저도 기억이 나지 않을지도 모른다. 체호프의 여느 단편들과 마찬가지로 주인공들은 변변찮고 이야기는 물을 많이 먹은 수채화처럼 흐릿하다. 게다가 두 주인공의 사랑 이야기는 고작 새로운 사랑이 시작되는 장면에서 멈춘다. 새롭고 아름다운 인생이 시작되기 전에 "가장 복잡하고 힘겨운 일이 이제 막 시작되고 있다는 것을" 두 주인공은 알고 있었다고 전하면서 작가는 이야기를 마무리짓는다. 곧 독자가 마주하는 것은 갈등이 봉합되고 문제가 해결되는 결말이 아니라, 문제를 제기하고 이제 본격적인 고민이 시작되었다는 것을 알릴 뿐인 체호프식의 열린 결말이다.

이렇게 열려 있는 결말이 무슨 미학적인 고려나 도덕적 배려의 산물은 아니다. 닫힌 결말이 가능하려면 난관을 돌파하고 문제를 해결할 수 있는 주인공의 역량이 필요하다. 하지만 구로프나 안나에게는 체호프의 인물들답게 그런 역량이 부족하다. 『안나 카레니나』의 주인공들처럼 될 수 없는 이유다. 마지막 장면에서 구로프가 보여주는 것처럼 그들이 당장 할 수 있는 일이란 머리를 감싸쥐며 "어떻게, 어떻게?"를 반복해서 묻는 것뿐이다. 그들이 처한 상황은 답답하면서 안쓰럽다. 그렇다고 작가가 이들을 위해 무얼 어찌해줄 수 있는 것도 아니다. 다만 지독히도 섬세하게 묘사할 따름이다 (고리키는 이 작품에 대해 평하면서 "당신의 소설 이후로 다른 작품은 모두 깃펜이 아니라 장작개비로 쓴 것처럼 보일 것"이라고 투덜댔다).

러시아 문학의 대단한 주인공들이 시대와 세상을 향해 던진 당당한 물음이 있었다. '무엇을 할 것인가?' 진보적 비평가 체르니솁스키의 소설 제목이었고, 레닌도 자신의 정치 팸플릿에 같은 제목을 붙였다. 하지만 체호프의 작품에서 '무엇을 할 것인가?'의 반향을 읽어내기는 어렵다. 그의 주인공들은 "어떻게, 어떻게?"를 중얼거릴 따름이다. 체호프의 희곡 「바냐 아저씨」의 대사를 빌리자면 그들은 쇼펜하우어(대단한 철학자)나 도스토옙스키(대단한 작가)도 될 수 있었다고 생각하지만, 결국은 아무것도 되지 못한 대단찮은 인물들이다. 그렇게 대단찮지만 한편으론 섬세해서 속물도 되지 못한다. 바로 구로프 같은 인물이다.

얄타에서 '개를 데리고 다니는' 멋진 여인을 유혹하여 목적을 달성한 그가 교외의 벤치에 앉아 바다를 내려다보며 자연의 영원한 무심함과 세상의 아름다움에 대한 명상에 잠기는 모습을 보라. 자신이 얼마나 매혹적인 여자와 만났는지 자랑하고 싶지만 아무도 들어줄 사람이 없어 상심하고 심지어 분노하는 구로프의 모습을 보라. 그에게 안나와의 예기치 않은 사랑은 "무료하고 시시한 날들", 더 나아가 무의미한 인생의 구원처럼 여겨진다. 얄타에서 헤어진 안나를 다시 찾아가는 이유다.

그렇게 다시 만나게 된 두 사람이 한번 끊어졌던 인연을 다시 이어나간다. 안나는 남편을 속이고 지방에서 모스크바로 와서는 호텔방을 잡아놓고 구로프를 부르고, 구로프는 안나에게 가는 길에 딸을 학교까지 바래다준다. 그들의 이중생활이다. 남들 앞에 내놓고 사는 공적인 삶과 그들만의 비밀스런 삶이 공존하는 것이다. 그러던 어느 날 안나는 그들의 밀애가 언제까지나 계속될 수는 없으리란 두려움과 남들의 눈을 피해야 한다는 처량함에 울음을 터뜨린다. 구로프는 안나를 어루만지며 달래다가 거울에 비친 자신의 모습을 본다. 어느새 머리가 세기 시작한데다 늙고 추해진 모습이다. 안나의 인생도 곧 시들기 시작할 것이다. 그런데 이제 와서 난생처음으로 진정한 사랑을 알게 되다니!

이들의 이야기가 어떤 결말에 도달하는지 우리는 알고 있다. 이 작품의 주제는 체호프가 즐겨 다루는 '또다른 삶'의 가능성이다. 정확하게는 '어려운 가능성'이다. 분명 새로운 인생은 아름다울 테지만, 우리는 대개 그 새로운 인생의 문턱에서 주저앉는다. 그게 체호프가 바라본 인생이다. 때문에 대단한 인생을 살아가는 독자라면 체호프와 인연이 없다. 오직 변변찮은 독자들만이 그의 작품에서 자기 자신을 발견하고서 당혹감과 위안을 얻을 것이다. 우리의 구로프와 안나야말로 「개를 데리고 다니는 여인」의 딱 맞는 독자이기도 하다.

　그런데 바로 이 지점에서 구로프와 안나의 이야기는 작가 체호프와 크니페르의 이야기와 갈라진다. 작가와 여배우, 두 사람은 1901년 5월에 가장 가까운 가족들에게도 알리지 않고 결혼식을 올렸기 때문이다. 그들은 아무도 몰래 "새롭고 아름다운 인생"의 첫발을 내디딘 것일까? 그렇게만 말하기도 어렵다. 의사로서 체호프는 지병인 폐결핵이 회복불가능하다는 것을 이미 알고 있었고, 결국 짧은 결혼생활 끝에 1904년 7월 세상을 떠나기 때문이다. 그의 임종을 지킨 사람은 아내 크니페르였다. 체호프식의 "새롭고 아름다운 인생"을 산다는 건 너무 어렵거나 너무 짧다. 물론 이것만이 체호프의 결론은 아니다. 얄타의 해변에서 구로프가 들었던 파도 소리를 우리도 들을 수 있다면. "지금도 그 파도 소리가 울리고 있고, 우리가 모두 사라진 후에도 그렇게 무심하고 먹먹하게 계속 울릴 것이다."

이현우

이 책에 실린 삽화의 대다수는 2009년 3월에서 2010년 4월 사이에 저의 여행노트에 그린 것입니다. 그래서 저에게는 각별한 의미가 있는 책이기도 합니다.

그렇다고 여행에 관한 책은 당연히 아니지만 여행을 하면서 만든 책인 셈이지요.

처음에 이 그림들을 그릴 때는 책에 삽화로 사용할 요량은 아니었습니다. 나중에 더 발전시킬 아이디어나 스케치, 초안에 가까운 것이었지요.

한참 시간이 지나서 '실제' 일러스트 작업을 시작할 때 저는 이미 책이 다 완성되어 있다는 것을 깨달았습니다.

그리고 이 총서의 판형이 제가 사용한 노트와 거의 똑같은 크기라는 점

때문에 확신을 갖고 작업에 임할 수 있었지요.

보통 저는 일러스트 작업을 할 때 일정한 기법을 사용하지만 이번에는 그림에 따라 차이가 나는 부분들이 더러 있습니다. 그때그때 제가 사용할 수 있는 도구도 달랐을 뿐만 아니라 여러 곳을 옮겨다니며 그림을 그렸기 때문이지요…… 버스, 자동차, 기차, 비행기, 식당, 정원, 도구를 펼쳐놓을 만한 책상이 있는 집 등 실로 장소가 다양했습니다.

각각의 그림과 관련된 일화들이 떠오르네요.

지난여름에 레온에서 다른 화가들과 모임을 가졌을 때의 일입니다. 프랑스에 거주하는 이탈리아 삽화가 베아트리체 알레마냐가 제 노트 중 하나를 보다가 'vernissage'(미술 전람회 개최 전날의 특별 초대)라는 단어에(19쪽 그림) 's' 하나가 빠져 있다는 점을 지적했습니다. 저는 그녀가 보는 앞에서 틀린 부분을 수정했습니다. 이 책에도 그런 과정이 그대로 드러나기를 바랐기 때문에 그림에 개칠을 하지 않았습니다.

30쪽의 삽화는 안토니오 산토스의 집에서 다른 모임이 있었을 때 완성한 것입니다. 동료들과 함께 리놀륨 판화 기법을 시험해보는 자리였지요……

어떤 삽화를 보면 선이 살짝 '초점이 나간' 부분이 있습니다. 고속도로의 노면이 움푹 파였거나 기차가 덜컹덜컹 흔들렸거나 아니면 난기류가 심했던 탓이지요…… 보통 고요하기 이를 데 없는 삽화가의 작업실에서는 절대 흉내낼 수 없는 흔적들입니다……

그러니 하나의 그림이 곧 하나의 기억인 셈이지요.

이 책을 연인들에게 바칩니다. 과거와 현재와 미래를 아울러 이 세상의 모든 연인들에게.

19세기에 쓴 책에다 21세기에 삽화를 더했습니다. 그림에 등장하는 인물들은 특정한 대상을 염두에 둔 것이 아닙니다.

어느 시대에나 일어날 수 있는 보편적인 이야기를 다룬 단편입니다.

부디 재미있게 읽으시기를.

하비에르 사발라

(스페인어 번역: 박세형)

옮긴이 **이현우**

서울대학교 노어노문학과를 졸업하고 같은 대학원에서 박사학위를 받았다. 대학 안팎에서 러시아 문학과
세계문학, 인문학을 강의하며 여러 매체에 서평과 칼럼을 연재하고 있다. 쓴 책으로는 『문학에 빠져 죽지
않기』 『책에 빠져 죽지 않기』 『로쟈의 인문학 서재』 『책을 읽을 자유』 『로쟈와 함께 읽는 지젝』 『로쟈의 세
계문학 다시 읽기』 『아주 사적인 독서』 『로쟈의 러시아 문학 강의』 등이 있다. 2009년 제50회 한국출판문
화상, 2010년 한국출판평론상을 수상했다.

문학동네 세계문학

개를 데리고 다니는 여인

1판 1쇄 2016년 5월 13일 | 1판 4쇄 2023년 1월 9일

지은이 안톤 체호프 | 그린이 하비에르 사발라 | 옮긴이 이현우
책임편집 정혜림 | 편집 이현정 박인숙 | 모니터링 이희연
디자인 김이정 이원경 | 저작권 박지영 형소진 이영은 김하림
마케팅 정민호 이숙재 박치우 한민아 이민경 안남영 왕지경 김수현 정경주 김혜원
브랜딩 함유지 함근아 김희숙 고보미 박민재 박진희 정승민
제작 강신은 김동욱 임현식 | 제작처 영신사

펴낸곳 (주)문학동네 | 펴낸이 김소영
출판등록 1993년 10월 22일 제2003-000045호
주소 10881 경기도 파주시 회동길 210
전자우편 editor@munhak.com | 대표전화 031) 955-8888 | 팩스 031) 955-8855
문의전화 031) 955-3578(마케팅) 031) 955-8861(편집)
문학동네카페 http://cafe.naver.com/mhdn
인스타그램 @munhakdongne | 트위터 @munhakdongne
북클럽문학동네 http://bookclubmunhak.com

ISBN 978-89-546-4035-0 03890

www.munhak.com

변신

프란츠 카프카 소설 | 루이스 스카파티 그림 | 이재황 옮김

현대문학의 신화가 된 카프카의 불멸의 단편! 모든 것이 불확실하고 출구를 찾을 수
없는 현대인의 삶 속에서 인간에게 주어진 불안한 의식과 구원에의 꿈 등을 명료한
언어로 아름답게 형상화했다.

파우스트

요한 볼프강 폰 괴테 지음 | 외젠 들라크루아, 막스 베크만 그림 | 이인웅 옮김

괴테가 육십여 년에 걸쳐 쓴 필생의 대작이자 독일문학 최고의 걸작으로 일컬어지는
영원불멸의 고전. 지식과 학문에 절망한 노학자 파우스트 박사의 미망(迷妄)과 구원
의 장구한 노정.

지킬 박사와 하이드 씨

로버트 루이스 스티븐슨 소설 | 마우로 카시올리 그림 | 강미경 옮김

『보물섬』의 작가 로버트 루이스 스티븐슨이 인간의 마음속에 공존하는 선과 악의 대
립에 대해 심오한 질문을 던진다. 명망 높은 과학자 헨리 지킬 박사와 흉악범 에드워
드 하이드, 두 사람의 미스터리한 이야기.

검은 고양이

에드거 앨런 포 소설 | 루이스 스카파티 그림 | 강미경 옮김

비운의 천재 작가 에드거 앨런 포의 공포 단편선. 인간의 비이성적인 광기와 분노를
그린 「검은 고양이」, 서서히 죽음을 "맛보는" 고통 「나락과 진자」, 산 채로 매장당한
자의 생생한 경험담 「때 이른 매장」 수록.

필경사 바틀비

허먼 멜빌 소설 | 하비에르 사발라 그림 | 공진호 옮김

"안 하는 편을 택하겠습니다." 삭막한 월 스트리트에서 안락하게 살아온 한 변호사 앞
에 기이한 필경사 바틀비가 등장하고, 이 필경사가 던진 한마디가 월 스트리트의 철
벽에 균열을 일으키기 시작하는데…… 세계문학사 최고의 단편.

외투

니콜라이 고골 소설 | 노에미 비야무사 그림 | 이항재 옮김

보잘것없는 9급 문관 아카키 아카키예비치의 인생에 어느 날 새로운 외투가 나타난다. 하지만 새 외투를 처음 입은 날, 그는 강도를 만나 외투를 빼앗기고 마는데…… 비판적 리얼리즘의 대가 고골이 그린 러시아 문학의 정수!

바베트의 만찬

이자크 디네센 소설 | 노에미 비야무사 그림 | 추미옥 옮김

노르웨이 작은 마을의 노자매 앞에 어느 날 신비로운 여인 바베트가 나타난다. 프랑스 제일의 요리사 바베트는 자매를 위해 특별한 만찬을 차려내는데…… 20세기 최고의 이야기꾼 이자크 디네센의 대표 단편.

밤: 악몽

기 드 모파상 소설 | 토뇨 베나비데스 그림 | 송의경 옮김

19세기 세계문학사에서 3대 단편작가로 꼽히는 모파상. 그가 그려내는 어둠에 대한 동경과 공포. 파리 시가지의 밤 풍경, 현실과 비현실을 넘나드는 주인공의 의식을 통해 환상적이고 광기어린 분위기를 담아냈다.

장화 신은 고양이

샤를 페로 소설 | 하비에르 사발라 그림 | 송의경 옮김

프랑스 아동문학의 아버지 샤를 페로의 고양이 이야기. 가난한 방앗간 주인의 막내아들은 유산으로 달랑 고양이 한 마리를 받고, 고양이는 천연덕스럽게 장화를 신고 자루를 목에 걸고는 사냥을 나서는데……

개를 데리고 다니는 여인

안톤 체호프 소설 | 하비에르 사발라 그림 | 이현우 옮김

"제대로 살아보고 싶었어요!" 남에게 보여주기 위한 삶, 자신에게도 솔직하지 못한 삶, 그 안에 숨은 열정, 그리고 시작되는 사랑…… 로쟈 이현우의 러시아어 원전 번역으로 만나는 체호프 단편소설의 정점.

아담과 이브의 일기

마크 트웨인 소설 | 프란시스코 멜렌데스 그림 | 김송현정 옮김

미국문학의 아버지 마크 트웨인이 그려낸 인류 최초의 러브스토리. '이 세상'에 도착한 최초의 여행자 아담과 이브. 게으르고 저속하며 아둔한 '그'와, 쉴새없이 재잘대고 엉뚱한 짓을 저지르는 '그녀'가 새로운 '우리'로 거듭나기까지.